ÉPÎTRE

AU ROI.

(1781)

ÉPÎTRE

AU ROI,

Dédiée & préſentée, le 20 Décembre 1781, à Sa Majesté, ſur la Naiſſance de Monseigneur le Dauphin, &c. &c. &c. &c. &c. &c.

Par M. l'Abbé CLARY.

Au roi.

SIRE!

Vos Vertus ſont l'excuſe de ma témérité. Peut-on être François, & ne pas les voir avec enthouſiaſme?.... C'eſt au cœur de vos Sujets à les récompenſer, & c'eſt aux Arts à les célébrer. Elles passeront à la postérité la plus reculée. Quand on lira votre Nom dans les fastes de l'Histoire, cette époque glorieuse de la monarchie françoise sera le sceau éternel de vos vertus & de notre amour.

Je suis avec une vénération & une soumission sans bornes,

DE VOTRE MAJESTÉ,

S I R E !

Le très-humble, très-obéissant, très-soumis Serviteur & fidelle Sujet l'Abbé CLARY.

ÉPÎTRE

AU ROI.

LE fiècle des grands Rois eft celui des Beaux-Arts.
Louis !.. daigne fur eux, arrêter tes regards:
Sans leurs flambeaux divins, Augufte & Marc-Auréle,
Dont les noms font chéris, & la gloire immortelle,
N'auroient pu réfifter à l'injure des tems.
        Que dis-je ?.... où m'emporte ma Mufe !....
        Elle m'égare.... elle m'abufe....
        Louis !..... pardonne à fes élans.
        Ah !.. comme toi, quand un Monarque
        Eft le Père de fes Sujets:
        Au-deffus des coups de la Parque,
Le Héros, dans leurs cœurs, fe furvit à jamais.
Mais quelle Déité t'accompagne en ces lieux?...
        Jamais l'augufte & charmante Livie,
Des fuperbes Romains ne fut mieux accueillie:
Quelle noble candeur éclate dans fes yeux !...
Quel cœur méconnoîtroit aujourd'hui ton Époufe?
        Vénus même feroit jaloufe,
        En appercevant tant d'appas.
        Compagne d'un nouvel Alcide,

Il semble qu'en ses mains, Pallas
A remis la divine Égide.
Quel mortel est heureux ?.. si Louis ne l'est pas.
Christine, la terreur & l'idole du Nord,
Vengera l'innocent, qu'opprimoit le plus fort.
Ta Compagne, Louis !.. imitant son exemple,
  De son Palais, a fait un Temple,
    A la Sagesse destiné;
  Et par-tout chérie, adorée,
  Ramène ce tems fortuné :
  Le tems de Saturne & de Rhée.....
Oui, France !.. tout concourt à faire ton bonheur;
    Tout s'arme en ta faveur,
  Un digne Rejeton d'une Tige chérie;
    Cet Enfant, né du Sang des Dieux,
    Suivant les pas de ses Aïeux,
Promet mille Lauriers au front de sa Patrie.
La Victoire déjà vole sur son berceau;
Les Palmes des Héros sur son front jeune encore,
    Nous promettent dès son aurore,
Le règne le plus doux & le jour le plus beau...
Après de longs frimats, Phœbus a moins d'attraits
    Pour l'Univers en léthargie,
Qui reçoit de ses feux, une nouvelle vie,
Que ce Couple divin n'en a pour les François.
    Dans l'alégresse qui l'inspire,
    Le Père, avec un doux sourire,
    A sa famille le fait voir.
    Voilà, dit-il, quels sont vos Maîtres,

Par amour, & non par devoir.
Ils ont fait le bonheur des Peuples , vos Ancêtres :
Ces Ancêtres toujours ont servi leurs aïeux ;
Imitez-les, & vous serez heureux.
Le Ciel a déposé dans leurs augustes mains,
La Balance ainsi que la Foudre ;
Ils ont droit comme lui de punir & d'absoudre.
Ah !.. qui mérite mieux de régir les humains ?
Quand un Juge, fourbe & perfide,
Opprime l'innocent timide,
N'accusez point vos Rois ; ils ne peuvent tout voir.
S'ils pouvoient découvrir le crime :
Armés alors de leur pouvoir,
Ils en vengeroient la victime ;
Et l'on verroit l'amour dans leurs cœurs attendris,
Se changer en noble délire....
Sentez, tendres Époux, le prix de votre empire.
Vos semblables sont craints, & vous êtes chéris.
Voulez-vous que cette tendresse
De jour en jour croisse sans cesse ;
Sur l'humble toit du laboureur,
Étendez vos mains bienfaisantes ;
Qu'elles soulagent son malheur,
Pour les familles indigentes.....
O vous, Princes & Rois ; tous ces infortunés,
Qu'accablent les destins contraires,
Pour être vos sujets, en sont-ils moins vos frères ?
A gémir sous vos lois, sont-ils donc condamnés ?..
Ah !.. quelle est votre erreur extrême !..

S'il est vrai que l'Être-Suprême
Vous ait placés au-dessus d'eux ;
En vous confiant sa puissance,
Dévoués & respectueux,
Ils vous doivent l'obéissance,
Mais tous également sont faits pour être heureux.
Les richesses des Rois sont un dépôt sacré,
Que la Nation leur confie
Pour fournir aux besoins qu'éprouve la Patrie,
Et non pour assouvir un luxe immodéré....
Malheur à ces Princes barbares,
Qui non moins superbes, qu'avares,
Du pauvre, qui leur tend les bras,
Voyent froidement le trépas.
Un Roi ne peut être équitable,
S'il n'est encore secourable.
On répond aux humains, du bien qu'on ne fait pas :
Mais en vain la sagesse, hélas !.. dicte ses lois ;
Rarement les Grands s'y conforment.
Ce n'est que sur les grands, que leurs égaux se forment.
Louis !.. sois à jamais le modèle des Rois ;
Qu'ils imitent ta bienfaisance,
Qu'à ton exemple, leur prudence
Connoisse le grand art d'arrêter les abus.
Cependant sous le Diadème,
Ami des Arts & des Vertus,
Sois toujours semblable à toi-même,
Et tu l'emporteras sur Auguste & Titus.

www.ingramcontent.com/pod-product-compliance
Lightning Source LLC
Chambersburg PA
CBHW061733180626
46818CB00006B/2598